Rubrik ett till tio

Rubrik ett till tio

Vår första novellsamling

CHRISTINA NILSSON
och CARINA A MATSSON

År 2019

Förlag: BoD – Books on Demand Stockholm, Sverige
Tryck: BoD – Books on Demand Norderstedt, Tyskland
ISBN: 978-91-7851-024-5

Innehåll

INLEDNING

Vi hade varit kollegor under flera år när vi en dag började prata med varandra om livet. Under samtalet upptäckte vi stora likheter i våra tankar och drömmar.

Så långt tillbaka vi kan minnas har vi burit på, och burits av, berättelser. Litteraturen har följt oss genom livet, tröstat med igenkännande och lindrat våndan inför de eviga livsfrågorna. Det egna berättandet hade dittills varit låst inom oss själva, visat sig vid enstaka tillfällen men aldrig tillåtits ta form i skrift.

Vi bestämde oss för att börja skriva och formulerade ett antal rubriker som vi sedan var för sig skrev korta berättelser utifrån. Det tog tid men en dag stod vi med fakturan för *Rubrik ett till tio – Vår första novellsamling* i vår hand.

Vi gjorde det.

Christina Nilsson, Carina Allvar Mattson

Bara en kråka

– Christina Nilsson –

Bertil var frustrerad för hela hans liv kändes så töntigt. Han hade blivit döpt till Bertil och det fanns ingen 11-åring i hela världen som hette Bertil nuförtiden. Att han dessutom hette Bertilsson i efternamn kändes bara för mycket! Ibland när någon ville retas och vara dum så blev han kallad BB kort och gott och det gjorde honom så arg för hur tänkte hans föräldrar när han fick sitt namn?

Bertil bodde med sin familj långt inne i den småländska skogen, åtminstone kändes det så i alla fall. Men gården låg knappt en mil från den östgötska gränsen så han bodde i östra Småland men det kändes som om det var en värld för sig. Det var helt hopplöst att ha en fungerande Internetuppkoppling och det fanns nästintill ingen täckning för att kunna ringa ett mobilsamtal. Stod man utomhus med mobilen i en viss riktning så kunde man i bästa fall få iväg ett SMS till omvärlden.

Bertils föräldrar hade flyttat dit när de hade förstått att de hade fått ett annorlunda barn. Det var när Andreas, Bertils bror, nästan var tre år gammal som Andreas hade fått diagnosen autism. Bertil hade varit ett år gammal. Men Bertil hade alltid tyckt att autism borde heta gap- och skriksjukan istället. För skrika och låta var något som Andreas var duktig på. Ingen förstod egentligen vad han skrek om förutom mamma Sonja som hade lärt sig att förstå vad Andreas kunde mena med sitt ständiga hojtande och tjutande.

Julen började närma sig och Bertil var så angelägen om att få en PS4-konsol med ett tillhörande spel. Han hade hört hur mamma och Pappa hade tisslat och tasslat och han hoppades innerligt att det var just hans julklapp de pratade om.

Allt var mycket hemligt hemma hos familjen Bertilsson eftersom Andreas var övertygad om att jultomten fanns. För det var den riktiga jultomten som kom varje jul och lämnade deras julklappar och åt upp den tomtegröt som de satte ut till tomten kvällen före julafton.

Pappa Börje tyckte att alla högtider var ett enormt stressmoment och han nästan våndades inför varje storhelg. Hur skulle det gå och hur skulle de orka? Han tänkte ofta att nu var han en jul närmare sin första hjärtinfarkt.

Men Börje hade i alla fall lyckats få tag på det Andreas hade önskat sig i julklapp. Han hade hittat det på blocket och det var skickat som ett DHL-paket från Umeå. Paketet var stort och välpackat. Börje och Sonja hade kollat igenom så att allt skulle vara till Andreas belåtenhet. För en julklapp som inte motsvarade Andreas förväntningar var en jul med hörselskydd och ett intensivt skrikande och tjatande i timmar tills alla somnade av ren utmattning. De hade upplevt flera sådana jular och de kunde faktiskt drömma mardrömmar om dem ibland, speciellt när en ny jul började närma sig.

Bertil var övertygad om att det stora paketet var hans julklapp som innehöll PS4 med tillhörande spel. Åh, vad han längtade och längtade tills julafton skulle komma.

På juldagsmorgonen vaknade Andreas som alltid kvart i fem och skulle ha frukost direkt. Sonja gjorde frukost med ögonen i kors men resultatet gjorde Andreas nöjd. Efter att han hade ätit sin havregrynsgröt med lingonsylt och mjölk så var det dags att klä på sig för att gå ner till ladugården för att se om tomten hade ätit något av deras tomtegröt som de hade ställt där kvällen innan. Andreas tjoade och skrek av förtjusning för tallriken var tom, så tomten hade varit duktig och ätit upp all gröt. Julafton hade i alla fall börjat bra, tänkte Sonja!

Andreas sprang tillbaka upp till huset och slängde av sig sina ytterkläder och la sig i sängen för att värma sig. Sonja hann koka kaffe och göra en smörgås medan Andreas låg i sängen och pratade för sig själv under täcket. Ett ögonblick av lugn infann sig i huset denna tidiga julaftonsmorgon. Börje och Bertil sov fortfarande. Andreas var lugn och glad för stunden och Sonja hann att djupandas och dricka lite kaffe samt äta lite av sin skinksmörgås innan ett vrål hördes från övervåningen. Sonja höll på att sätta smörgåsen i halsen. Andreas blev rädd och skrek okontrollerat.

Sonja försökte lugna Andreas och sa att pappa hade säkert bara mardrömmar. Hon satte på Andreas favoritfilm och gick upp till övervåningen. Där stod pappa Börje och han var så röd i ansiktet och läpparna hade blivit blå. Han var så upprörd att han kunde säkert ha använt våld om det inte var för att han alltid förblev förstelnad när han var rasande. Vilket var en välsignelse i denna situation tänkte Sonja då det var Bertil som hade rivit upp det stora fina paketet som han trodde innehöll hans PS4.

Men det var ju Andreas julklapp som Bertil hade rivit upp och han blev så paff av innehållet.

Börje skrek – Hur kunde du? Vad skriker du för? Det är ju bara en kråka! Vem vill ha en kråka? Men Sonja inflikar »– Bertil du vet ju att Andreas ju har sina intressen och att han samlar på uppstoppade fåglar!« Han har ju flera stycken nere i hobbyrummet! Bertil var både besviken och förvånad över att innehållet i julklappen bara var en uppstoppad kråka och ingenting annat.

När Sonja inte trodde att det kunde bli värre så började Bertil gråta och skrika efter sin PS4.

Börje blev galen och skrek »– Jävla unge, du får ingen PS4«.

Ja, jultraditionen att något skulle gå fel varje jul höll tydligen i sig.

Det hade blivit lite av en återkommande årlig självförverkligande profetia där allt i slutändan blev fel!

Sonja sprang in på vinden och fick fram en gammal papperstapet som hon slog in den uppstoppade kråkan i. Det såg ut som ett paket som en gammal tomte hade slagit in åt Andreas.

Sen försvann Sonja snabbt ner till köket för att göra frukostbricka åt både pappa Börje och Bertil.

För att det var jul fick Bertil varm choklad och sin favoritsmörgås som var köttbullar med senap. Börje fick kaffe med hutt och skinksmörgås. En hutt var bara i akutläge och detta var ett akutläge. Hon var alltid den som höll sig nykter och hade koll på läget och kunde köra bil om så behövdes. Allt för familjefriden och Sonja var familjens superhjälte i alla nödlägen!

När Sonja kom in i Bertils rum så var han helt bedrövad och tyckte att pappa alltid bara brydde sig om Andreas. Sonja försökte förklara så gott hon kunde att pappa hade nerverna utanpå och speciellt under julen.

När hon kom in i sovrummet hade Börje lugnat ner sig och låg och tittade på tv. Han var glad över den fina frukosten och ansiktsfärgen började återgå till det normala. Men ändå kunde Sonja se att han våndades. Hon försökte trösta honom men inget hjälpte. Han sa »– Du har ingen aning om vad jag har gjort och började gråta.« Vad är det som har hänt, tänkte Sonja.

Börje grät och sa att han hade missat att köpa en PS4 till Bertil. Vis av erfarenheten hade Sonja köpt en PS4 på öppet köp för att undvika att samma fruktansvärda misstag skulle upprepas som det gjorde för fem år sedan. Det var då den bedrövliga julafton som Börje hade gjort samma misstag som nu och glömt köpa julklapp till Bertil.

All denna stress varje jul, och i år var det all denna upp-
ståndelse bara för en kråka.

Vilken tur att det bara var jul en gång om året och att
båda barnen skulle få vad de hade önskat sig i julklapp, i
alla fall den här julaftonen tänkte Sonja.

Bara en kråka

– Carina A Matsson –

Tankarna snurrade kring den gångna arbetsdagen och hon kände sig nöjd när hon sakta körde fram en billängd i taget i kön ut ur stan. Allas lika värde. Tidigare år hade hon tyckt att det var om än inte onödigt men ändå lite väl pretentiöst med alla dessa möten för att uppdatera skolans värdegrund. Det fanns ju redan en text som var genomtänkt och formulerad efter konstens alla regler. Att då ta dyrbar mötestid till att gå igenom allt ord för ord var att kasta såväl tid som skattemedel i sjön. Kanske var det hennes ickeakademiska bakgrund som gjorde sig påmind. Oftast var arbetarbakgrunden henne till gagn men understundom var den bara irriterande. Det gjorde att hon såg igenom, förringade, ja förlöjligade, sådant som kollegorna tog på största allvar som exempelvis det årligen återkommande arbetet med värdegrunden. I år var hon nöjd med att ha vunnit över det nedärvda föraktet mot den bildning hon kämpat sig till. Det var hon som initierat revideringen och tagit tag i att organisera grupper och länka relevant material.

Egentligen borde det inte behövas något gemensamt framtaget dokument för det är ju sunt förnuft, tänkte hon, och var tillbaka hos morföräldrarna i vars hem hon vuxit upp. Respekt. Samarbete. Trygghet. Glädje. Kunskap. Varje rubrik som hon själv och kollegorna slet sitt hår för att granska och omformulera hade suttit i väggarna i det gamla hemmet och gällt för allt och alla. De gamla (herregud – de hade ju inte varit äldre då än vad hon är nu) hade levt sin värdegrund utan att behöva sitta i timslånga möten för att diskutera ord som involverar alla.

Värdegrunden gäller ju givetvis allt liv, tänkte hon och

förnam känslan av barnbarnens kaninungar som de hyrt förra sommaren. Den lilla kroppen med det pickande hjärtat och blickens djup. Hur den vita fått plats i lilltjejens ena hand. Hur barnen hade tagit ansvar och vuxit av att sätta någon annans väl och ve före det egna.

NEEJ, GUUD skrek hon, tryckte på bromsen så bilen stannade med ett ryck. Hon hade ju krupit fram men vad hjälpte det. *Fasen också*, hon hade sett den lilla kroppen i ögonvrån men innan hon hann reagera hade dunsen kommit, knappt märkbar men ändå tung. Hon hade kört ihjäl en ekorre. Det var bara så. Tur ändå att hon inte hade ungarna med sig i dag. Hon var tvungen att köra fram igen, kunde inte gå ur utan att riskera sin säkerhet. Hon tittade i backspegeln bara för att få bekräftelse på det hon redan visste.

En kråka, det var bara en kråka! Gud så skönt, tänkte hon och blinkade höger ut ur stan.

En godnattsaga

– Christina Nilsson –

Kärleken den kan drabba oss alla och när man minst anar det. Även om Ina hade blivit bränd av alla försök till att älska och vårda sina kärleksrelationer så blev hon drabbad av den starka, intensiva kärleken på äldre dar. Hon var vingklippt och märkt av livets hårda framfart när hon kom till sin nya arbetsplats men mindes exakt i vilket ögonblick han hade vänt sig om och tittat på henne. Där och då gick hela hans väsen rakt in i hennes hjärta och från det ögonblicket blev han också kvar där.

Även om Ina drabbades av kärleken så lät hon den vara en väl bevarad hemlighet. Den fick leva sitt eget liv i hennes inre. Där var det tryggt att tillåta sig att tro och känna ett hopp om att kärleken inte var ouppnåelig eller en bluff. Kärleken kunde vara något vackert trots allt.

Ina och Kalle pratade inte så mycket med varandra utan Ina hade oftast en låg profil för hon ville inte avslöja sina känslor för honom. Men plötsligt en dag så stod Kalle med en tumstock och mätte allt möjligt i hennes klassrum. De pratades vid och eleverna började slinka in en efter en i klassrummet. Till sist var hon tvungen att be Kalle lämna klassrummet för hon kunde omöjligt ha en person i rummet som mätte allt möjligt och samtidigt pratade om allt möjligt medan hon försökte ha en lektion med sina elever.

Efteråt hade Ina så dåligt samvete för att ha kört ut Kalle hastigt ur klassrummet. Därför la hon en lapp i hans postfack där hon bad om ursäkt. Hon lämnade även sitt telefonnummer ifall han hade behov av att ringa och få prata av sig för Kalle verkade vara en person som hade många tankar i sitt hjärta som han ville delge Ina.

Resten var historia för strax därefter blev de ett par och

Ina var så kär i denna underbara man. Hon kände sig älskad för första gången på mycket länge. Eller rättare sagt så var Kalle så tydlig i sin kärlek så hon förstod att det var en genuin kärlek mellan dem. Det dröjde inte länge förrän han friade till henne och de gifte sig snabbt. Giftermålet kom så snabbt så hennes väninnor som ännu inte hade hunnit åka på semester sprang bort till kyrkan. Det bestående intrycket från den dagen var att hennes väninnor hade sett en aning chockade ut.

Strax därefter gick flyttlasset till Kalles lilla slitna torp i den småländska skogen. Där och då förstod Ina att hon hade förändrat sitt liv så mycket att hon hade svårt att sova om nätterna. Det var som det lilla torpet levde sitt eget liv och speciellt om nätterna eller när hon var ensam vaken eller den enda som var hemma. Det var svårt att koppla av och somna för ljuden och skepnaderna i huset skrämde henne och inte ens de lugna andetagen av sin mans snarkningar ingav något lugn. Det var som om huset bara väntade på att Kalle skulle somna för att de andra varelserna i huset skulle vakna till liv och få fritt utrymme i det lilla huset.

Men en natt när hon av ren utmattning hade somnat drömde hon om en man som satt intill hennes säng och berättade en godnattsaga för henne. Hon kunde se hans konturer och anletsdrag i månljuset. Mannen hade samma namn som hennes man men ansiktet tillhörde en främmande man hon aldrig hade sett tidigare. Han sa att du måste finna din plats här på jorden. Ditt eget lilla paradis där du känner dig trygg och älskad. Det här huset är din mans trygga plats och hans lilla paradis. Men ingen annan persons drömmar eller paradis är ditt eget personliga lilla paradis. Jag vet av egen erfarenhet sa mannen och tittade sorgset på Ina. Han berättade hur han hade förlorat sitt föräldrahem som han hade ärvt. Men han blev till sist lycklig över det lilla torp som han bodde i och som han hade döpt till Paradiset.

Du är inte tvingad att bo i detta hus för att du valde att älska och gifta dig med en man som inte kan leva utan detta hus. Din man har valt att leva sitt liv i det här huset långt innan ert gemensamma liv började. Du har rätt att göra ditt eget val. Rätt att välja ditt eget hus.

Ina frågade mannen om hon inte kommer att kunna lära sig att tycka om det här huset och den här platsen? Högst osannolikt så länge ni har sovrummet i denna väntsal. Har vi sovrummet i en väntsal? Ja, spegel på väggen där är en port mellan vår värld och er värld. Ina förstod inte riktigt men det var som om mannen kunde läsa hennes tankar för han svarade på hennes fråga. Det finns många mellanvärldar från det liv vi lever tills vi går över till den andra sidan. Den där spegeln på väggen gör det möjligt för oss som vill gå mellan olika mellanvärldar att faktiskt få göra det. Men om jag vore du skulle jag ta ner spegeln när du vaknar och linda in den i en filt och lägga undan den. Då blir det lugnare i det här rummet och du kan då kalla det ett sovrum sa mannen. Mannen fortsatte att prata om sitt liv och om pilsnergubbarna han umgicks med. Han pratade om sin dotter och hur han hade gjort henne besviken med sitt pilsnerdrickande. Ina märkte mer och mer att hon hörde mannens röst allt svagare. Det sista hon minns av mannen är att han håller en tavla i sina händer. Det är en bild på ett litet torp med en liten trädskylt som det står Paradiset på. Han tittar strängt på henne och säger att du måste skapa din egen plats, ditt eget paradis här på jorden. Vägen till ditt paradis är att skriva och att skriva berättelser som människor kan läsa.

Morgonen därpå vaknar Ina av att hennes man redan är uppe och klockan är ovanligt mycket den här lördagsmorgonen. Hon går ner och går på toaletten och sätter sig sedan vid frukostbordet för att dricka kaffe med sin man. Idag var du en riktig sömntuta sa Kalle och smålog. Ja, jag hade en annorlunda dröm om en man som hade samma namn som du men det var inte du och han bodde i ett litet hus som han hade döpt till Paradiset. Plötsligt ändrades Kalles ansikte och plötsligt så var det Kalle i Paradiset som satt vid köksbordet men han förblev tyst. Ina blev lite chockad och tänkte att om hon fortfarande var i något drömtillstånd. Men Kalle återfick sina anletsdrag och det var återigen hennes man som satt framför henne.

Sedan berättade Kalle efter att ha varit tyst en liten stund att det hade funnits en Kalle i Paradiset. Kalle i Paradiset hade bott en bit bort i ett litet torp längre in i skogen men att han varit avliden i några år. Torpet fanns kvar även om det har förfallit en del. Ina fick rysningar i hela kroppen och för ett ögonblick kändes det som om drömmen och samtalet med Kalle hade ett budskap. Samma eftermiddag så åkte Ina och Kalle till Kalles eget lilla Paradis. Torpet var förfallet och en presenning hängde över taket för att undvika fuktskador i huset. Vid ingången till den förfallna trädgården hängde en väderbiten träskylt med bokstäverna Paradiset, vilket var på väg att släppa taget och falla i backen. Den kvällen tog Ina ner den gamla spegeln i sovrummet och gömde undan den i en filt i förrådet. Väntrummet hade äntligen blivit ett sovrum. Men hon hoppades ändå på att få fler samtal med Kalle i Paradiset.

En godnattsaga
– Carina A Matsson –

Gud som haver barnen kär

Det var en gång ett litet människobarn som knäppte sina händer i bön till dig gud.

Se till mig som liten är

Först var bönen verkligen en tillbedjan; gud se till mig för jag är liten, ta hand om mig och hjälp mig. Mig. Det lilla barnet litade på dig till den grad att när hon slöt täcket tätt runt kroppen och knäppte sina händer blev du ett och detsamma med sömnens ro.

Vart jag mig i världen vänder

Senare kom det att kännas förmätet att be dig att se till just detta barn som ändå hade det så mycket bättre än många andra. Se inte till mig, instruerade hon dig, se till de som har det sämre. Trons magi var bruten, du åtskildes från den trygga sömnen och blev lika ifrågasatt och granskad som hennes verklighet, för så starkt hade hon upplevt din närhet att hon räknat ditt varande som en given del av sinnevärlden, och därför lika nödvändig att skärskåda som allt annat i livet. Istället för att be om din frid krävde hon synliga bevis för din existens till den grad att bönen blev en tillrättavisning. Rollerna var plötsligt ombytta; du blev den lilla hjälplösa och hon den med makt att döma levande och döda – och dig.

Står min lycka i guds händer

Med åren blev teodicéproblematiken henne nästintill övermäktig. Vad skulle hon med dig till hur god och allsmäktig du än var om du ändå inte kunde eller ville ingripa? En gud som kan men inte vill hade hon definitivt ingen användning för. En gud som vill men av yttre skäl inte kan fick det bli. Hon var inte nöjd med förklaringsmodellen men tvingade sig att se dig allsmäktig och god, livrädd som hon var för att tappa fotfästet; att falla fritt. Hon kunde ändå acceptera det, söka en lösning med hjälp av skriftens ord om ondskans makt och allas ansvar att strida för dig, för din godhets skull. Det låg något lite rart mänskligt i att du store gud behövde hjälp. Ett samarbete, en gemenskap i anden.

Lyckan kommer, lyckan går

Senare höll inte det heller, när tröttheten och känslan av otill-räcklighet sänkte glädjen i vardagen, när dagens krav stod så långt bort från dig och ditt rike, ja då orkade hon inte. Orkade inte tro och absolut inte strida. När du sedan också kallade hem det käraste hon hade gav hon upp. Du vill men kan inte eller kan men vill inte och skit samma, tänkte hon. Jag behöver inte dig din jävla gud.

Du förbliver fader vår

Det hon inte såg då var att hon sin uppgivenhet och kraftlöshet till trots levde med dig, att hon aldrig blivit fri från dig fast hon lämnat dig. Mot slutet av sitt liv knäppte hon så åter sina händer och bad dig att se till henne som liten var för det var det hon var och förmodligen alltid hade varit – liten. Ett litet människobarn som inte kan somna utan dina sagor.

Amen

Fem i tolv

– Christina Nilsson –

Klockan närmade sig midnatt, den var fem i tolv. Inga hade vaknat med skräck i kroppen och inte kunnat somna om. Hon svettades och frös på samma gång. Hon tittade på de fuktiga lakanen i sängen. Det var dags att byta lakanen igen men den här gången var hon även tvungen att byta sina kuddar och täcke, de var för fuktiga. Det skulle bara bli en ny mardröm om hon inte byte allt i hennes säng. Hon visste inte om hon orkade göra det men hon tog ett djupt andetag och samlade kraft. Hon behövde lite bra, sammanhängande sömn för att orka med ännu en dag i sitt rutinbundna liv.

Hon tittade sig omkring i den lilla lägenheten. Hon hade några år kvar till sin ålderspension men hon levde redan nu i all enkelhet, en fattigdom som inte fanns i Sverige men den hade funnits som en ständig följeslagare och varit högst närvarande i hennes liv under många år. Den hade slukat alla hennes drömmar, planer och slutligen det lilla hopp hon hade försökt behålla. Hennes värdighet kommer hon inte ens ihåg när hon förlorade den inför sin familj och släkt eller så var det så illa att den aldrig riktigt hade funnits där. Men nu var allt borta och det enda som fanns kvar var ångesten och oro för hennes älskade Sölve, hennes sjukdomar, övervikt och skulder.

Sölve var hennes son, hennes annorlunda son men som hon hade älskat detta barn och fortfarande gjorde. Han tillhörde de utsatta, de annorlunda, de som inte kunde tolka de sociala sammanhangen och som straffade ut sig själv för att de omkring honom var antingen slugare eller mer tursamma.

Inga mindes tillbaka till nittiotalet då hon gick med i fem i tolv-rörelsen och demonstrerade för den främlingsfientlighet och diskriminering som fanns i samhället. Sölve tillhörde inte de grupper som rörelsen pratade om men för Inga var det så uppenbart och tydligt att det fanns en tyst rasism och diskriminering för hur man behandlade annorlunda människor, ofta med beteendediagnos och med eller utan psykisk ohälsa. Inga hade skrivit på sitt plakat: Rör inte min kompis men även rör inte min Sölve!

Sölve undrade varför hans mamma skrev som hon gjorde på plakatet men han trodde att hans mamma inte ville att någon faktiskt skulle röra vid honom då han inte tyckte om fysisk kontakt med andra människor. Det resulterade senare på dagis i att Sölve marscherade runt på dagisgården och ropade »Rör inte min Sölve«. Till en början hade de vuxna tyckt att det var lite charmigt men när Sölve fortsatte att marschera och springa på kunder inne i mataffären så var det inte lika charmigt längre.

Den tysta, dolda rasismen var ändå störst i den familj som Inga och Sölve hade tillhört. Familjemedlemmar som egentligen hade egna funktionsvariationer var de som dömde hårdast och var skoningslösa. Där existerade inte eftertanke eller självreflektion, inte heller någon ödmjukhet eller empati och förståelse. Det fanns bara en mörk, djup avgrund full med förakt.

Alla dessa minnen, alla dessa berättelser var som gamla pålitliga VHS-band i hennes trötta hjärna men Inga tyckte om dem för det var bevis för att hon och Sölve hade funnits till och förhoppningsvis så var de båda två fortfarande kvar i livet. Inga tände ett ljus och satte på tevatten. Det var dags för en kopp äckligt kamomillte men innan dess skulle hon byta allt i sin säng. Men hon började ännu en gång att gråta. Sölve hade varit borta i åtta dagar och hon hade anmält honom försvunnen. Det var så tyst, inte ett ljud, varken från Sölve eller från polisen så hon befarade det värsta – att Sölve inte fanns kvar i livet. Inga grät, bäddade torrt och drack sitt gräsligt äckliga te och sedan försökte hon somna om.

Några timmar senare väcktes Inga av telefonen. Det var polisen, en man hade hittats och han liknade Sölve på beskrivningen. Mannen behövde identifieras. Inga behövde få komma till sjukhuset men hon kunde knappt prata. Hon trodde att smärtan inombords skulle få henne att gå sönder. Hon började kvida och gråta utan möjlighet att kunna svara på polisens frågor. En stund senare ringde det på ytterdörren och där stod två polismän som ville komma in och prata med Inga. Hon fick byta från nattlinne till byxor och tröja, hon fick hjälp av polismännen att ta på sig både skor och jacka och att även få med sig både nycklar och handväska. Poliskvinnan hjälpte Inga att låsa ytterdörren till hennes lilla lägenhet på ett rum och kök. Med långsamma steg gick de sakta till polisbilen som stod utanför porten.

Väl framme vid sjukhuset följde polismännen med Inga in till rätt avdelning och rum. Där ligger Sölve ensam, smutsiga lakan i en enda röra. Allt var smutsigt. Sölve luktade väldigt illa. Var det så en död människa luktade? Hon visste inte säkert för det här var första gången som hon skulle komma i kontakt med en avliden person som dessutom var hennes älskade son. Hon var både ledsen och förkrossad för även om hennes son var annorlunda och hade varit utfryst av sin egen familj och av samhället i största allmänhet, större delen av hans vuxna liv så var han värd att få ett värdigt avslut. Han var värd att få ha levande ljus och någon fin blomma, att få vara ren och iordninggjord inför sin sista resa från det här livet till livet efter döden.

Ingas tankar och tårar kom av sig av att dörren öppnades till det lilla rummet. Läkare och sköterska samt en poliskvinna kom in i rummet och frågade om detta var Sölve Borg och om det var hennes son? Hon nickade och började gråta och skämdes för att hon inte klarade av att krama om sin son pga den eländiga lukten. Hon bad om ursäkt för detta och då sa poliskvinnan att det var helt förståeligt då de hade hittat honom bland stinkande sopor i ett avfallsrum med ett kadaver av en död hund. Det var då Inga förstod att även Sölves hund Bamse hade dött. Inga frågade försiktigt vad som förväntades av henne nu? Skulle hon ringa begravningsbyrån och be dem hämta Sölve? Kunde de tvätta honom innan han blev hämtad av begravningsbyrån?

Innan någon hann svara på Ingas frågor så skrek en röst! – Mamma! Inga trodde att hon hallucinerade för hon hörde Sölves kraftiga stämma. Sölve var inte död utan hade vaknat. Inga trodde att hon skulle svimma. Allt var så overkligt, det tjöt i hennes öron och hon trodde att hon skulle både svimma och kräkas på samma gång. Hon fick lägga sig ner på en brits och ligga i ett viloläge för att behandla sin chockreaktion. Sköterskan hade henne under uppsikt och bredvid låg Sölve och var glad att han fick ligga i sängen bredvid och prata med sin mamma.

Sölve och Bamse hade varit ute på ett av sina skattletaräventyr och blivit inlåsta av misstag i ett avfallsrum utan möjlighet att kunna ta sig ut. De hade varit utan mat och dryck i flera dygn tills någon hade hittat både Sölve och Bamse uttorkade och avsvimmade. Dessvärre så hade Bamse inte klarat sig. Sölves gamla följeslagare genom livet hade dött av uttorkning och ålderdom i armarna på Sölve.

Inga tittade på klockan och den var fem i tolv. Sölve ville ha lunch, helst en stor lunch på Jenssen Böfhus men fick nöja sig med maten på sjukhuset. Inga log och tänkte att än var inte kampen över för hennes Sölve. Varje gång som klockan var fem i tolv och varje gång som de gick med i fackeltåget den 5 december så fanns det hopp för alla som for illa och så även för hennes älskade Sölve.

Fem i tolv

– Carina A Matsson –

Lång. Finnig. Ful. För lång. För finnig. För ful. Och som om det inte räckte med att allt var kört för henne så var det kört för resten av mänskligheten också. Hela världen sjöng på sista versen. Det hade fröken just sagt.

Genom kyrkskolans höga, spröjsade fönster såg hon den gamla kyrkan och den delen av kyrkogården där de riktigt gamla gravstenarna stod. Hon brukade gå fram till dem, låta pekfingret följa snirklarna och stava sig igenom namnen och titlarna och på nåt sätt kändes det skönt i henne. Skönt att veta att det var några som gjort allt före henne. Klart hon visste att hon inte var den första som skulle dö, hon var ju inte dum i huvudet. Men ändå. Stenarna var mäktiga och gubbarna hade haft fina jobb. Skorstensfejarmästare. Klockare. Stallförman. Och nu var de döda allihop. De hade gått före. Frågan var nu när hon och alla andra med henne skulle dö. Skulle hon hinna fylla elva år eller inte? Hon räknade månaderna fram till sin födelsedag och tänkte att det var osannolikt att tiden skulle räcka fram till september. Och varför förresten? Hon hade aldrig haft något kalas och inte ville hon ha något heller. Ingen skulle någonsin vilja komma till henne. Lång, finnig, ful. Hon hade hittat på en egen rytm att säga det på, lite ryckigt så där; lå-ng, fi-nn-ig å f-uuul.

Fröken drog in luft för ytterligare ett mycket djupt andetag och påminde dem tydligt en gång till om det stora elände som snart skulle drabba dem alla. Det var inte långt kvar. Fem minuter, inte mera, och det måste de förstå. Så sade fröken. Hon som kom från stan och hade klackskor varje dag. Mockaskor. Världen hade funnits så länge att det inte gick att fastställa när tiden började men att slutet närmade sig med stormsteg var det ingen tvekan om. Det var som klockan, förklarade fröken, och ritade upp en cirkel med kritan på svarta tavlan. Fem streck upptill markerade de fem minuter som var kvar av jordelivet. Klockan tolv skulle allt förgöras. Pang. Kanske pang. Ingen visste. Det hade de inte sagt på kursen som fröken hade varit på. Fröken var bara säker på att allt och alla skulle dö. Det räckte.

Hon lade ner sin skrivbok och sin penna i bänken och drog med handen över locket ifall det fanns något suddskräp kvar. Sakta, sakta gick hon ut genom klassrumsdörren, nedför den breda trappan och ut på skolgården. Alla andra var redan borta när hon kom ut. Det var det som var meningen. Hon ville vara sist. Alltid. Är man så lång, finnig och ful vill man det.

Det var där, mitt ute på skolgården, som tanken slog henne och hon kunde inte låta bli att le. Hon som egentligen inte alls var den typen som log stod alldeles stilla med bakåtböjd nacke och log upp mot den klara himlen. Lång. Finnig. Ful. Det spelar ingen roll längre. Klockan är ju fem i tolv.

KK SÖKES

– Christina Nilsson –

Sören hade blivit placerad genom LSS på Sölvers bilverkstad. Han skulle hjälpa till med de enklaste göromålen under uppsikt av sin handledare Tage.

Sören hade sina diagnoser eller snarare diagnöser som han kallade dem men ville trots det av förståeliga skäl vara som alla andra grabbarna på verkstaden. Sören hade förstått att de andra hade sina kompisar som de träffade under helgerna. Sören ville så gärna ha en kompis men hur gör man för att få en kompis?

Han hade provat ett antal varianter som inledande samtalsämnen men varken kommentaren att »– Jag är inte farlig!« eller »– Vilken är din favoritpizza? » eller »– Hur länge måste du sitta och bajsa?« hade fört honom närmare till att få en kompis. Sörens mamma Ingela tyckte att nu fick Sören ansöka om en kontaktperson som kunde lära honom hur man pratar och umgås med en kompis.

Sören gick motvilligt till den avtalade tiden med sin LSS handläggare på det lilla LSS-kontoret nere i byn. Sören tyckte inte om dessa möten för det var så många frågor som han aldrig riktig förstod eller hade några svar på. Dagens ämne var att ansöka om en kontaktperson. Sören fick med sig blankett hem och skulle fundera på saken och prata med sin mamma innan något slutgiltigt beslut kunde tas av Sören.

Dagen därpå frågade Tage, Ralle och Peppe om han hade fått en kompis än? Han visade dem blanketten men Ralle sa att det var bättre att sätta upp en lapp nere på tempo istället för att springa på LSS-möten för att få en kompis. Sören förstod inte riktigt hur Ralle menade men Tage sa att han inte skulle lyssna på Ralle och hans idéer för han var inte som han borde vara, sa Tage.

När Sören satt ensam i fikarummet kom Ralle in och sa att om han ville få en kompis snabbt skulle han skriva att en KK sökes. Det betyder att du vill ha en kontaktkompis och en sådan kompis är mycket mer populärt än att ha en kontaktperson.

Sagt och gjort så hjälpte Ralle till att skriva Sörens lapp om att en KK sökes. Samma eftermiddag satte Ralle upp lappen på tempo. Han log förnöjsamt när han gick därifrån.

Ryktet i den lilla byn spreds att Sören sökte en KK och många skrattade och undrade om Sören verkligen förstod vad han egentligen hade gjort. Anita som satt i kassan ringde Sörens mamma som jobbade inom hemtjänsten och frågade om hon visste om vad Sören hade gjort. Ingela skyndade sig ner på lunchen för att läsa Sörens annons om att KK sökes. Hon kunde se att det inte var Sörens egen handstil som hade formulerat den udda förfrågningen. Hon ringde Sören och frågade lugnt om vem som hade hjälpt honom med hans annons?

Han sa att Ralle hade hjälpt honom för man behövde inte fylla i den jobbiga blanketten och gå till LSS igen utan det här var mycket bättre.

Ingela blev rasande och när Ingela blir rasande så blir hon även en handlingskraftig kvinna som inte visar nåd mot de som utsatt hennes son för elaka spratt. Sagt och gjort så tog hon ner Sörens annons och gick hem och gjorde en annons stor som ett plakat som hon ställde utanför tempot under lördagsförmiddagen. Människor samlades och förfärades men många skrattade när de fick veta att det var Ingelas hämnd mot den elaka Ralles spratt mot Sören.

Ralle med jätteballe söker KK!

Alla svar tas emot med stor tacksamhet. Ring för snabb

service! Ralle med jätteballe väntar på uppdrag! När Ralle
kom ner för att handla folköl och grillad kyckling till lör-
dagskvällen blev han chockad och stum och strax därefter
arg och skamsen. Han tog med sig plakatet hem och den
lördagen blev en lördag utan folköl och grillad kyckling.
Men telefon började att ringa med okända mobilnummer
men Ralle vågade inte svara.

KK SÖKES

– Carina A Matsson –

Hej! Har du tid en stund? Va? Jodå, det är bra. Men gud jag måste få berätta nåt för dig. Du kommer inte att tro att det är sant men det är det. Per kom hem igår och berättade nåt så fantastiskt om Lena, visst minns du Lena, hon som satt under oss på administrationen på Landstinget, javisst, den Lena. Ja, jag håller med dig, hon var så genomskinlig, en sån person som man minns men ändå inte. Det är förskräckligt att det är så med en del, men de ger inga avtryck i minnet. Jo, men i alla fall … Per kom alltså hem igår och verkade lättad men ändå allvarlig på samma gång och sa att han var tvungen att berätta vad som hade hänt på jobbet. Han är ju inte den som pratar om folk, eller säger nåt i onödan över huvud taget så jag blev lite fundersam. Sen började han berätta om Lars.

Annonsen hade legat ute flera gånger innan det var någon med rätt kompetens som hörde av sig. De hade haft oflyt med anställningarna på tryckavdelningen, legat i otakt med tid och trend men så kom då Lars med den yrkesskicklighet de eftersökte. På bara ett par timmar var han insatt i jobbet, skötte vad han skulle och behövde inte någon introduktion att tala om. Han fick koder och nycklar och sedan var det som om han varit där sedan start. Han jobbade på, stämplade in och stämplade ut utan att göra något väsen av sig. I ärlighetens namn var det nog ingen som såg Lars ordentligt förrän de där ungtupparna kom och då gick allt så snabbt att det var för sent när Per och de andra väl insåg vad som hänt. Ungtuppar och ungtuppar förresten, de är egentligen inte mycket yngre än de andra på tryckeriet men de vill visa sig moderna och inne; medelålders män som vägrar inse att ungdomstid gått över i medelålder. På sina visitkort har de förledet *di-*

gital till titeln och det ger dem ett skimmer som de andra gubbarna inte har. Nåväl, det var i och med att Amir och Gustav anställdes som det började, ja, faktiskt samma dag. Lars. Likt örnar började de cirkla runt honom, ställa frågor för att sedan återge hans svar med en ton av den ironiska skämtsamhet som de visade sig vara mästare på. Lars som inte hade märkts tidigare blev en centralfigur och inledningsvis tyckte de andra att det var bra, att Lars var värd uppmärksamhet men skrattet fastnade snart i halsen på dem. Visst blev Lars lyft men syftet var inte annat än at göra honom till åtlöje, ta poäng på hans tillkortakommanden på det privata planet. De drev öppet med honom, skämtade ständigt om kvinnor, skickade mejl med ekivoka skämt och allt gick ut på att Lars saknade erfarenhet sina 45 år till trots.

Amir och Gustav kom från ett större företag och saknade den sociala sammanhållningen redan före förmiddagskaffet. Det har alltid varit en fin, kamratlig stämning på tryckeriet men gubbarna har alltid åtskilt arbetsliv från det privata. De jobbade och sen gick de hem. Amir och Gustav var vana vid andra takter och redan efter ett par veckor damp information med bifogad anmälan ner i mejlboxen. Här skulle det festas och allt var förbokat – bara att tacka ja och äntra Finlandsfärjan för en helhelg.

Va? Jo, vänta så ska jag berätta om Lena. Du var bara tvungen att höra det här om Lars först. Vuxenmobbning, javisst var det så. Jag sade det till Per och han höll naturligtvis med. Per har varit så låg att jag känt mig uppriktigt orolig för honom. Han hade försökt sätta stopp, försökt prata med dem men det var som förgjort, sade han. De drogs alla med, inte i det aktiv förloppet, men hur de än gjorde så blev de en del av trakasserierna. De borde ha avstyrt Finlandsresan men hur det än kom sig så stod de där på landgången allihop – även Lars. Men tyst nu så ska jag berätta om Lena.

Lena hade tvekat länge men till sist bestämt sig för att

följa med på skrivarkursens upptakt trots att hon inte uppskattade något av det Finlandsbåtarna förknippas med. Att kunna sätta ord på sina känslor var en dröm hon närt sedan tonårstiden. Äntligen hade hon fått tyst på sin privata Jante och gjort slag i saken. När hon såg erbjudandet på huvudbibliotekets anslagstavla tänkte hon först fega ur och bara anmäla sig till kursen men tacka nej till upptakten, men ändrade sig när hon läste lappen bredvid. En kurskamrat sökte sällskap på färjan och lämnade visserligen inte ut namn eller telefonnummer men hyttnummer. Hur farligt kunde det vara? En person som önskar sällskap på en skrivarkurs borde väl inte tillhöra samhällets oroselement. Hon inte bara slet av en remsa utan tog ner hela lappen. Med hopp om att ha mött en själsfrände vek hon lappen och stoppade ner den i plånboken. Tänk om hon efter alla år i bakgrunden, för så beskrev hon sin position för sig själv, skulle få träffa en likasinnad. En kvinna som hon kunde diskutera böcker med, kanske till och med bjuda hem vid något tillfälle. En vän!

Ja, man blir tårögd när man tänker på hur hon måste ha känt sig. Tänk alla år som hon faktiskt var med på vår fredagsfika. Ingen av oss pratade väl med henne, ja gud. Men så kom då helgen för Finlandstrippen för tryckeriet.

Gubbarna hann knappt ombord förrän Samir och Gustav avslöjade avsikten men resan. Här skulle det bli knulla av! De hade stärkt sig redan på anslutningsbussen vilket märktes på vokabulären. Lars, för fan, här finns det medicin för dig! Nu ska vi se till att du blir kurerad! Det var då de andra gubbarna verkligen tog sig ton och spräckte den bubbla av vanmakt och förnedring de varit omslutna av. Det slutade med att de där tuffingarna stukade gick till sina hytter och stannade där resten av resan.

Lars hade suttit med vid middagsbordet en god stund, pratat med de andra, berättat hur han känt sig och sagt att han hela tiden sett vem som stod för vad. Att alla kände

en lättnad gick inte att ta miste på, och de som satt med
i styrelsen talade klarspråk. Samir och Gustav tillhörde
historien – kosta vad det kosta ville. De skulle lösas ut. Det
är då själva fan att det ska behöva gå så här långt.

Men nu du! Nu!

Med lappen i handen sökte sig Lena fram till rätt hytt-
nummer och tog ett djupt andetag. Hade hon tagit sig så
här långt skulle hon inte fega ur i sista stund. En uppriktig
längtan efter den blivande väninna som fanns på andra si-
dan dörren fick henne att samla sista smulan av mod. Alla
farhågor hade hon redan ältat fram och tillbaka så hon
hade material åtminstone till en halv roman. Här och nu
var det enda som gällde. Hon gjorde det – hon knackade.
Lappen var mjuk av handsvett och hjärtslagen dunkade
i hela kroppen. När dörren väl öppnades rann allt hon
memorerat över läpparna, ord som skulle ha visat hennes
bildning och personlighet rusade fram i en talhastighet
och i ett röstläge som knappt var mänskligt. Hon såg ing-
enting, hörde att hon lät hysterisk och försökte vända sig
om, springa därifrån och aldrig, aldrig försätta sig i något
liknande igen, men fötterna styrde inte. Hon stod där hon
stod – helt tillintetgjord.

*Jovisst var det hemskt, men vänta så ska du få höra fortsätt-
ningen.*

Lars tvekade innan han öppnade dörren. Tänkte natur-
ligtvis att det kunde vara de där båda som skulle komma
för att förklara och vilja ställa allt till rätta. Att ångern,
eller i alla fall rädslan för att mista jobbet hade nått dem
och att han själv skulle få en ny roll som snälle Lars; som
väl för tusan förstod att de inte menat något illa; som de
högaktade och bara ville hjälpa fram lite.

Kanske var det den artighet som genomsyrat hela hans
barndom som trots allt fick honom att öppna. När han såg
kvinnan och tog del av hennes osammanhängande ord

såg han sig själv. Det var han som stod där; han som i två veckors tid förberett sig för ett uppdrag; han som skulle visa vem han egentligen var och att han faktiskt dög. Lars tog upp lappen som hon tappat och uttydde sitt hyttnummer under versalerna KK. Hade de köpt en kvinna åt honom? Han kunde inte göra annat än att välkomna henne in i hytten, låta henne sätta sig och hämta andan, och sedan berätta att allt var ett bisarrt skämt. Han skulle förhöra sig om att hon verkligen fått sina pengar för hon skulle givetvis gå skadefri ur det här. Hon kunde inte vara mer van vid situationen än han själv var, tänkte han, när han såg på henne. De drog in luft och började sedan tala samtidigt. Han tystnade och lät henne berätta färdigt om hur hon anmält sig till skrivarkursen och samtidigt sett lappen att någon sökte en kurskamrat och ja, nu satt hon här. Hon hade ju trott att det skulle vara en kvinna men det var bara en föreställning hon gjort sig. Det var naturligtvis inte hans fel. Hon bad om ursäkt, skakade på huvudet åt sig själv, gjorde en ansats att resa sig och gå men tyckte att situationen krävde att hon lyssnade färdigt på det han hade börjat berätta.

Förstår du nu att jag bara var tvungen att höra av mig till dig? Javisst är de ett par, förlovade och allt. Tänk att livet ändå kan vara så fantastiskt, va. Vad sade du? Vet du inte vad KK betyder? Men du, hallå, nejdu, det tänker jag inte säga i telefon. Det får du googla på. Men du, jag måste lägga på nu. Ha det så fint! Kram på dig! Vi hörs!

Sanningen segrar

– Christina Nilsson –

Britta som var känd som Miljö-Britta med hela sin arbetsplats hade utan tvekan blivit en grinig Miljö-Britta på sistone.

Hon kunde inte riktigt förstå varför hon som hade varit en glad själ plötsligt hade blivit så grinig och ville bara vara i fred.

Hon hade förvisso haft mycket värk av sina kroniska sjukdomar och hon hade lagt på sig en massa övervikt och kanske hade kilona blivit för många och slutligen gjort henne till en sur och grinig själ?

Miljö-Britta hade blivit övertalad av sina kollegor i arbetsrummet att vara med i en bokklubb där man skulle träffas under enkla former och analysera och diskutera månadens bok under en enkel men god måltid.

Vilja hade sagt med en viskande, dramatisk underton att ikväll kommer sanningen att segra och dimridåerna att falla men bara om gud vill sa hon och skrattade. Det här vill du absolut inte missa Miljö-Britta för efter i kväll kommer ingenting att vara sig likt.

In shallah ropade hon glatt när hon lämnade arbetsrummet. Likt många av våra arabisktalande elever så hade även Vilja anammat detta talesätt.

Miljö- Britta undrade vad det var som var som gjorde att de hade så olika uppfattningar om vad som höll på att hända på deras arbetsplats? Vad var det för dramatiskt som skulle ske ikväll och som skulle förändra deras liv så att ingenting skulle vara sig likt efter i kväll?

Miljö-Britta tänkte att Vilja ville nog bara få fart på mina livsandar och få mig se världen med nya ögon och skapa lite skratt och spänning åt vardagliga händelser.

Märta, Louise, Vilja, Emma och Miljö-Britta och Lars skulle träffas samma kväll hemma hos Märta för premiären, första gången som bokklubbsträffen skulle ske.

Miljö-Britta köpte med sig tulpaner som en liten gåva till Märta. Tulpaner som gav en försmak av den vår som så småningom skulle anlända.

När Miljö-Britta kom hem till Märta blev hon alldeles stum av den vackra lägenhet och av det dukade bordet i matsalen.

De möttes av ett överdåd av goda smårätter med asiatisk touche och vitt vin och öl serverades för den som ville ha. Men Miljö-Britta valde att hålla sig till den alkoholfria delen och fick en alkoholfri variant av öl. Vanligtvis så gillade inte Britta öl för att det smakade öl men den här ölen var behaglig i smaken för att tillhöra ölsläktet konstaterade hon förvånat.

Långsamt började Miljö-Britta fundera mellan tuggorna och alla smakupplevelser på hur hon skulle kunna bjuda tillbaka i samma klass?

Hela Märtas insatslägenhet var välstädad och bestod endast av kvalitetsmöbler och riktiga tavlor och inte billiga serietryckta tavlor med hortensior och rosor som hon själv hade i sin lilla lägenhet. Hon började alltmer fundera på hur det var möjligt att Lars hade behållning av att delta i denna bokklubb, bland alla dessa fruntimmer? Förmodligen var det upplevelsen av alla goda maträtter och trevligt sällskap tänkte Miljö-Britta men var ända lite tveksam och undrande om vad skälet var till hans deltagande.

Boken diskuterades ordentligt utifrån ett formulär som var taget från en etablerad, seriös bokklubb bestående av bibliotekarier.

Allt skulle göras rätt och riktigt och sådant var vi lärare duktiga på även om vi egentligen inte alltid visste riktigt vad vi höll på med så skulle skenet alltid hållas uppe av att vi alltid visste vad som var rätt och fel.

Under kvällen blev det lite för mycket alkohol för ett par stycken i gänget.

Vilja som var mycket yngre och därmed en fri själ full av frispråkighet släppte en kommentar eller ett konstaterande som detonerade som en känslomässig bomb.

Vi äldre damer och Lars blev chockade och vinglas välte, ett högljutt konstigt skrammel uppstod innan allt blev så tyst. En nål kunde höras om den hade fallit i golvet.

Borta var pratet, och den glada stämningen. Lars satte tuggan av den sista dumplingen i halsen. Miljö-Britta fes vid alldeles fel tillfälle och lyckligtvis så var den någorlunda luktfri, åtminstone tyckte Miljö-Britta det men hon kanske inte var så opartisk när hon tänkte efter.

Där satt Märta och Louise och trånade efter Lars och Vilja hade sett och förstått det och kanske följt med av nyfikenhet för att se hur allt skulle avlöpa. Till sist hade väl Vilja tröttnat och sa att ser ni inte att Lars egentligen är en kvinna?

Alla hade blivit förvirrade medan Miljö-Britta plötsligt förstod syftet till bokklubbens uppkomst.

Både Märta och Louise hade haft en förhoppning att få lära känna Lars mera intimt och kanske få kärleken och romantiken att spira i deras liv.

Kvällens samkväm fick ett hastigt avslut efter att Lars förklarat att han hade gjort en könskorrigering och att han tidigare hette Lena och hade fött två barn som kvinna.

Märta och Louise som trodde att de på varsitt håll kunde få komma närmare Lars och utveckla förhoppningsvis en intim relation var tämligen besvikna.

Emma sa på hemvägen att vi alla jobbade på en synnerligen intressant arbetsplats.

Ja, sa Miljö-Britta och instämde men undrade hur stämningen skulle vara i arbetsrummet hädanefter.

När Vilja och Miljö-Britta hade skilts åt så började hon att skratta högt av allt som hade hänt. Hon skrattade inte av skadeglädje utan plötsligt så hade grinigheten släpp taget om hennes väsen. Miljö-Britta förstod att hon hade så mycket att vara tacksam över när det gällde hennes liv och hälsa. Hon hade fått den stora gåvan att få vara född i rätt kropp. En stor gåva som hon hade tagit som en självklarhet och aldrig reflekterat över.

Den stora hjälten ikväll var Lars som vågade byta kön från Lena till Lars och stå upp för att vara den man vill vara. Heja Lars! Sanningen segrar- Vilja hade rätt!

Sanningen segrar

– Carina A Matsson –

»D*öden är uppslukad och segern är vunnen. Död, var är din seger? Död, var är din udd?*« Gudsordet blev lika ynkligt och tafatt som han själv såg ut där framme i storkyrkans kor. Pastorn, som annars tog sig ton och växte med var inandning tills herren själv skickade ett hostanfall, krympte inför Berits ögon. Det var inte utan än att hon skämdes över honom en dag som denna då hans normalt så vidlyftiga ord och allvarstyngda ton blott blev till tunt prat. Hans lekamen klarade inte av att lämna det lilla missionshuset, självaste herrens hus blev honom övermäktigt, tog udden av allt han sa. Det var synd och skam du Karin, tänkte hon och riktade blicken mot kistan där vännen låg. Synd och skam att begravningen prompt skulle hållas i kyrkan, att missionshuset dög för livet men inte för döden.

»Ty av nåd är ni frälsta genom tron, inte av er själva, Guds gåva är det.« Som Efesierbrevets ord levde du ditt liv, kära Karin, som en gudagåva, kära Karin. Berit kunde inte låta bli att sucka när pastorn med handen vilande på kistlocket om och om igen poängterade hur försynt och i äkta kärlek kära, kära Karin hade framlevt sina dagar. Karin den milda, blida som givit sitt liv inte bara för herren utan även för sin jordiska mor och far. Jo, tack, tänkte hon där hon satt. Mest för far, det visste alla, men vetskapen om att det aldrig fick nämnas vägde tyngre, mycket tyngre än synden att ljuga om det. Ljuga, förresten, förtiga var väl rätt ord men å andra sidan blev det till en lögn i sig – tigandet. Inte ett ord, men alla visste ändå. Berit vred på sig och räknade nackarna på dem som satt på kyrkbänkarna framför henne. Ett femtiotal hade kommit för att ta avsked och

hedra minnet av Karin, och var och en visste så väl att griftetalet byggde på en lögn. *Hon visste att hedra sin mor och far...* Inte ens inför sista vilan kommer du undan den lögn som tyngde dig så, Karin. Berit blundade och försökte tänka bort pastorns malande.

Karin. Hemmadotter i en tid då det börjat anses suspekt att välja att stanna kvar i boet om man var vid sunda vätskor. Det var inget fel på Karins förstånd, tvärtom hade hon varit en av de bästa i klassen och skulle säkert ha kunnat bli både det ena och det andra. Nej det var inte det, inte. Det var herrens försorg som valt åt henne, eller rättare sagt tagit ifrån henne möjligheten att välja. Moderns första stroke, slaganfall sade man då, samma vecka som distriktssköterskan, en riktig ragata förresten, hade dött. Tjänsten sattes inte ens som vakant för det var nya tider, moderna tider, och socknen skulle inte längre ha egen sjukvård bevars. Nej, nu var det centralisering som gällde och det skulle bli bra mycket bättre för alla. Utveckling. Det var bara det att ingen hade tänkt på vem som skulle sköta om den som drabbades av sjukdom och elände under tiden, tills alla papper skrivits under och nya rutiner satts på plats. Det var där i glappet mellan det gamla och det nya som Karin måst avbryta sina studier i stan för att flytta hem och ta hand om mor. Det hade varit illa nog om det bara varit mor som krävt att bli omhändertagen.

Kanske hade Karin haft rätt i att det hade varit bättre om familjen tillhört packet, de där som då fortfarande bodde kvar i statarlängorna och försörjde sig av tjuvfiske och att kränga snarade harar. Det var vad som sades om packet i alla fall. *Vad?* Här satt hon efter så många år och med en bildningsnivå som de flesta inte ens kunde nå i sina drömmar och tänkte på dessa människor som *pack* och stämplade dem som tjuvar!!! Människor i utanförskap skulle de omnämnts i dag, men då sade man pack för man visste inget annat om. Vilken människosyn, tack o lov att mänskligheten gått framåt och att vi ser på varandra med andra ögon i dag, tänkte Berit och det lugnade som alltid. Packet, som man sade då, med egna lagar och en stolthet i blicken som väckt hat hos de som inte kunde svälja avunden; själens längtan efter den ovillkorliga tillhörigheten. Än i dag kunde hon förnimma pirret i magen när hon gick förbi rucklen där de bodde, så många förmaningar om att inte umgås, aldrig svara om någon frågade något och för allt i världen aldrig, aldrig ta emot något av dem, *av de där*. Inte ens titta skulle man göra. Packet höll ihop i stort som i smått och sammanhållningen i sig hade en speciell dragningskraft i den förändringens tid som då var. Samhörighet, att höra till, vara någon för någon... men vad visste väl hon om hur de egentligen hade haft det i familjerna.

Berit tänkte på vilken nytta församlingen hade haft av de här familjerna. På söndagarna blev de till stackars förlorade människobarn och händer knäpptes i bönehuset för dem. Mellan söndagarna förkroppsligade de synden så de var till nytta hela veckan, tänkte hon medan hon automatiskt sjöng med i psalmsången. Karin närde en tanke att det hade varit enklare att leva ett rent liv om hon varit född in i en sådan familj, en familj där det skreks, förbannades och sjöngs. Där tigandet inte fanns, eller i alla fall inte tycktes finnas – för vem var hon att säga det? Karin var ju bara, precis som hon själv, betraktare på håll, på långt håll och ung dessutom. Den gång då Karin försökt förklara tanken för henne satt som etsad i minnet. Hon mindes allt alltför väl. Genom alla år har hon bannat sig för sin reaktion men hon förstod inte förrän långt senare att det inte var övergreppen, de ständigt återkommande våldtäkterna, Karin pratat om utan hemlighållandet; tigandet – livslögnen. Än i dag skämdes hon över sin reaktion, hur hon hade skrikit åt sin vän, galen över föraktet mot krakarna som bodde i rucklen. Tänkte att Karin menade att där, bland deras bråte och kraftfulla

känslouttryck skulle faderns övergrepp smälta in, kanske
till och med rentvås och bli ett med vardagen som disken,
tvätten och matlagningen. Det gjorde henne galen. Käre
tid så arg hon varit, tagit det som en personlig förolämp-
ning av guds nåde. *Packet är inte sämre*, hade hon skrikit,
bara annorlunda. Men Karin menade ju inte så. Hon ville
få höra orden, höra dem om och om igen, rentvå sin redan
rena själ genom dem. *Det är fel, oförlåtligt fel men det är inte
ditt fel, har aldrig varit ditt fel och kan aldrig bli ditt fel.*

Tigandets röst var det enda Karin fick höra och den
skrek sönder henne. Tystnaden hade tärt Karin inifrån,
fått henne att med tiden tvivla på sitt förstånd, på gudens
kärlek, ja på allt som bar ett frö av godhet inom sig. *San-
ningen segrar, jag måste tro på det*, var det enda Karin svarat
när de vid något enstaka tillfälle berört det privata. De
hade glidit isär alltmer och trots deras längtan efter den
andre – det var hon säker på att även Karin känt – kom
vänskapens yttrande att inskränka sig till en namnteck-
ning på ett förtryckt julkort. Tigandet kvävde till och med
deras vänskap.

Berit tog av sig handsken och strök sakta över kist-
locket. **Sanningen segrade inte. Den tegs ihjäl precis så
som du gjorde.** Orden fyllde hela kyrkan, slungades från
vägg till vägg med en tonstyrka som gav liv åt ett eko som
de medeltida väggarna tyckts längtat efter. Överrumplad
stod Berit helt stilla med högerhanden stödd mot kistan.
Herregud, herregud, tänkte hon när hon såg mikrofonen
sticka upp bland rosorna i kistbuketten, Karin du fick ju
rätt.

Se upp för hajen i vattnet

– Christina Nilsson –

De hade gått många år sedan begreppet »Se upp för hajen i vattnet« myntades. Ingela hade ringt Angelika en söndagsförmiddag och berättat om sin mardröm. Ingela hade stått vid stranden och ropat till Angelika att hon måste se upp för hajen i vattnet! Men Angelika hade varit glad och helt oförstående för faran i vattnet. Hon hade bara ropat glatt och fortsatt att simma i vattnet tills hon hade blivit attackerad och dödad av hajen framför ögonen på Ingela. Ingela som hade ett knivskarpt, analytiskt intellekt hade tolkat mardrömmen som ett dåligt tecken. Det var dags att Angelika vaknade upp och var mer uppmärksam och därmed mer rädd om sig själv.

Angelika var av naturen en god människa. Hennes största svaghet var att hon förutsatte att även andra människor var goda men dessvärre så hade hon alltför ofta fel. Hon var en av de människor som blev hårt drabbad av sin egen godhet. Ingela hade haft rätt för det hade funnits många gånger som det hade varit mer än väl befogat att skrika »Se upp för hajen i vattnet«. Men hur mycket än Ingela hade skrikit och grälat i ren förtvivlan och i ilska på Angelika så hade det på något sätt varit förgäves. Allt hade verkligen varit förgäves. Angelika hade inte förmått att ändra på sig själv och bli mer uppmärksam på farorna i sitt liv.

Angelika var en godhjärtad person som tog sig tid med sina medmänniskor. Hon bjöd frikostigt på sin tid och sin generositet. Angelika var därmed en utsatt kvinna men fick dessvärre aldrig den insikten om sig själv. Men hon var inte den man kunde tro utan Angelika tillhörde den välutbildade medelklassen. Hon var utbildad speciallärare med spetskompetens.

Angelika hade varit en kvinna som hade flytt sitt ursprung. Hon hade lämnat arbetarklassen. Inte för att det var något fel på arbetarklassen för det var där som hon egentligen hade sin trygghet och sina rötter. Men arbetsgivaren hade kallat upp Angelika till kontoret. Han hade sett hur annorlunda Angelika var i jämförelse med sina arbetskamrater. Hon var mycket mer intellektuell än de andra på fabriken och de andra hade kallat henne för filosofen. Angelikas chef tyckte det var dags att hon faktiskt skaffade sig en utbildning som hon var intresserad av. Angelika hade lyssnat på sin chef och strax därefter började hon läsa in sin gymnasiebehörighet på Komvux.

Ingela kom ihåg hur den osäkra Angelika med vånda och ångest tog sig igenom Komvux och lärarhögskolan sedan vidare till sin specialutbildning. Angelika fick så småningom en anställning på en större vuxenutbildning där hon trivdes allt mer vartefter åren gick.

Ingela och Viveka tog sin sedvanliga söndagspromenad i den snåla aprilblåsten och besökte Angelikas grav. De pysslade om hennes grav regelbundet men med små ekonomiska medel. Viveka var en sann överlevare med endast tre tänder i överkäken. Hon kom med sin slitna rullator och planterade några vitsippsplantor som hon hade »lånat« från skogen. Varje gång de pysslade om Angelikas grav blev de tysta och lite sorgsna. Angelika var den yngsta av de tre men det var hon som hade gått först av de tre vännerna. Alldeles för tidigt hade Angelika avlidit och under tragiska och så onödiga omständigheter.

Tror du att det var det sociala arvet som gjorde att Angelika råkade så illa ut? Frågade Viveka Ingela. Ingela var arg, som vanligt, för sorg och oro gjorde Ingela arg och förbannad. Vet inte men jag vet att hennes närmaste familj behandlade henne som en dörrmatta! De var hemska mot henne! Vad är det du säger, sa Viveka och såg förfärad ut. Hon tystnade och tittade ner både på Ingela och på sig själv. De båda vännerna hade lagt en varsin billig dörrmatta för fem kronor var, inköpt från Jysk, under sina knän. De tittade på varandra och brast i skratt. De tyckte att situationen var dråplig, komisk och hemskt sorglig. Både Ingela och Viveka började gråta och sa i samstämmig kör, förlåt Angelika! Förlåt att vi lagt dörrmattor på din grav! Du är verkligen ingen dörrmatta och de fortsatte att prata med Angelika. De hade ännu en gång haft en tragikomisk stund med sin avlidna väninna. Angelika som blev ännu ett offer för kraftigt våld i nära relation och strax därefter avlidit efter sviterna i en massiv stroke.

De båda väninnorna samlade ihop sina dörrmattor och sina slitna planteringsredskap och la dem i sina rullatorer. Sakta gick de igenom kyrkogården som mynnade ut i en skogsdunge. Där ropade Ingela förskräckt till Viveka »Se upp för hajen i vattnet«. Äsch, sa Viveka det är ingen huggorm utan en snok. Han är dessutom död sa Viveka och tog en gren och kastade bort den in i ett buskage. Jaha, sa Ingela och de båda fnissade och kämpade vidare med sina rullatorer för att komma hem för att dricka sitt efterlängtade eftermiddagskaffe.

Se upp för hajen i vattnet

– Carina A Matsson –

Hon plockade bort ett par vissna blommor från begonian medan hon tittade ut genom köksfönstret. Det är slut nu, tänkte hon och log inombords.

»Se upp för hajen som simmar i vattnet«, hade han sagt med den där tonen som alltid fått henne att känna sig ful och otillräcklig. Begabbad kanske var rätt ord, hon hade varit så invand med känslan från sin barndom att hon nog förväxlat den med trygghet, inte en lugn och skön trygghet utan något i stil med att vara trygg med det kända. I över sextio år hade hon låtit kuva sig. Jo, tänkte hon, kuvad var vad hon varit, tillåtit sig att vara. Nu kunde hon se det tydligt, vågade gå tillbaka och inom sig höra sin mans kommentarer en gång till. Han hade gömt det missunnsamma under en ton av omtänksamhet som hade fått henne att tänka att det ändå inte var så hemskt som hon upplevt det. Som när hon kom hem och berättade *att* doktorn hade tyckt att hon skulle anmäla sig till vattengymnastik. Då hade han sagt att det är klart du kan göra det bara du hittar nåt som är både vattentätt och tillräckligt stort att dölja dig med. Han hade till och med kramat om henne och sedan lagt till att hon kunde tacka utlänningarna för de där heltäckande schabraken, ett sånt skulle hon ju få plats i. Hon mindes hur det kändes i henne när hon skrattade med – för det gjorde hon – skrattade med. Så här efteråt var det lätt att förstå att det inte var ord sagda av kärlek så som hon gjort allt för att få det till.

Hon plockade bort ett par blommor till och såg sedan ner på krukväxten, granskade den från alla håll. Begonior hade de alltid haft i köksfönstret för det hade hans mamma haft och så länge svärmor levde hade de fått skott av hennes gamla och sedan, ja sedan, då hade hon själv fortsatt av gammal vana. Det är slut nu, tänkte hon och log inombords.

Allt hade gått så fort sedan den där dagen. Att hitta en baddräkt, faktiskt en riktigt snygg, hade gått smidigt och det fanns flera storlekar över den hon hade behövt. Det hade hon inte sagt hemma. Sedan, ja sedan, det var knappt att hon förstod det själv än... Hon hade stått där på bassängkanten och känt sig yr av vetskapen att hon gjorde något på egen hand när en man kommit fram till henne. Han presenterade sig och bad henne om hjälp att se var han lagt sina glasögon. Det var så det började, i det enkla vardagliga hade undret skett. Hon hade äntligen mött en människa som uppskattade henne för den hon var. Så de hade skrattat, gråtit och pratat under terminens gång!

Hon öppnade handen och lät de vissna blommorna falla ner i vasken. Brevet, eller snarare lappen, var redan skriven och låg på köksbordet. *»Du sade att jag skulle akta mig för hajen som simmar i vattnet men du hade fel för det var du som skulle ha aktat dig. Det är slut nu. Ingeborg«*

Skärpning i busken

– Christina Nilsson –

Lina misstänkte att hon och sonen hade blivit medbjudna på midsommarfirande på Klara och Lisbets land av medlidande. Säker var hon förstås inte men hon hade helst sluppit. Lina hade hellre följt Jeppes midsommarrutiner med kommunalt firande i Storparken för att sedan gå hem och äta köttbullar och korv till middag med jordgubbar och glass till efterrätt för att slutligen sjunka ner i soffan och äta smågodis och titta på tv när Jeppe väl hade somnat.

Klara och Lisbet, som hade ett socialt patos, åtminstone så trodde de det om sig själva tills rödvinet hade ersatt deras vardagliga tankar med att nu fanns det inga gränser med något varken med mängden rödvin eller med deras påverkade förnuft.

Men för att göra en rimlig »autismvänlig« kompromiss så att femåriga Jeppe med autism inte skulle bli helt förtvivlad för att det var »fel« på midsommarafton så vidhöll hon inför Klara och Lisbet att Jeppe måste få gå till Storparken först och att de sedan skulle ta bussen ut till deras sommarstugeområde och vara med i deras midsommarfirande.

Men Lina såg inte fram emot att komma till deras firande då de började tidigt på förmiddagen att fira in midsommarhelgen med rikliga mängder rödvin.

Midsommarafton närmade sig och Jeppe var glad och nöjd att få vara i Storparken och dansa kring midsommarstången. Sen blev Jeppe helt förtvivlad för att han och mamma inte gick hem för att laga mat för vi skulle absolut hem och inte åka buss idag tyckte Jeppe. »– Inget dagis idag, missommaraffon idag!« skrek Jeppe allt starkare.

Lina gav upp och de gick hem och lagade maten och Jeppe var nöjd och somnande till sist.

Klara ringde ihärdigt och mellan varje samtal lät hon allt mer påverkad av sitt alkoholintag.

Jäkla kärring när kommer du? Med en sådan gästvänlighet kände Lina att hon inte alls ville komma.

Hennes sambo Jonte ringde och sa att han kunde hämta Lina och Jeppe med bilen. Det var en direkt order av Klara. När Jonte kom så blev Lina väldigt överraskad. Jonte kom inte i sin egen bil utan med taxi och en burk Norrlands guld i högsta beredskap! Men vad i all sin dar! Kommer du med taxi? Den här resan måste ju kosta en mindre förmögenhet! Lina försökte lista ut med taxichaufförens hjälp hur den här resan skulle betalas och om det var hon som skulle betala den här dyra taxiresan. Men den betalade Jonte med sitt Visakort och Lina såg framför sig en avbetalning på en resa som hon egentligen inte vill göra men blivit beordrad att göra!

Under resan sov Jeppe i Linas famn och Jonte beklagade sig att Klara hade kastat ut honom efter att han hade fått en örfil av henne. Sen hade hon beordrat honom att hämta upp oss för snart skulle vi alla grilla för det är sådant man gör på midsommarafton. Väl framme såg jag bara till Klara som med stor koncentration höll på att förbereda grillbufFén.

Lisbet var med sin nya fästman Jonas, ute på promenad. Klara var inte glad över att Lisbet hade försvunnit och inte var till någon hjälp. Till Linas stora överraskning var Maggan, Jeppes förskolelärare där med sin man Bengt.

Lyckligtvis fortsatte Jeppe att sova och grillförberedelserna fortskred. När lågorna var som störst på Jontes stora lyxiga grillhäll så vaknade Jeppe och skrek« brinner, brinner«. Lina lugnade honom och sedan satt de en stund och Jeppe vilade i hennes famn. Grillmästaren Jonte började grilla i lugn och ro och vartefter kunde de äta lite marinerad fläskkarré med hemlagad potatissallad. Jeppe var lite misstänksam för att Maggan, hans fröken på dagis satt vid bordet och drack vin och sjöng. Jeppe sa hela tiden »dagis inte idag«. Nej, sa Maggan inte dagis idag, idag är vi lediga och dricker vin, tjo flöjt!

Sent på midsommaraftonens kväll så skulle alla försöka spela Kubb för det är något man gör sa Klara och tittade strängt på Lina. Lina sneglade på klockan och ville ju bara hem för klockan var närmare halv tolv på natten.

Klara letade ännu en gång efter Lisbet som var försvunnen. När Jeppe såg att det rörde sig i buskaget längre bort smög han sig bort och tittade försiktigt. Plötsligt skrek Jeppe med sin ovanligt starka femåriga röst » – skärpning i busken! Jag sa, Skärpning i busken!« Jeppe rusar fram och delar på grenarna och där står Lisbet och Bengt upptagen med den heliga kärleksakten i det fria!

Klara tappade konceptet totalt och skrek en mängd högst grova och opassande ord till Lisbet medan Jonte konstaterar lugnt att Lisbet och Bengan gökar!

Maggan verkar vara helt oförmögen att ta in vad som hände och var ordentligt rund om fötterna.

Det var den här midsommaraftonen som Jeppes midsommarrutiner ändrades. Både på gott och ont tyckte både Lina och Maggan.

Lina och Jeppe firade aldrig mer midsommar med Klara och Lisbet och det gjorde inte Maggan och Bengt heller. Men varje midsommarafton har sedan dess avslutas med en grillafton med grillmarinerad fläskkarré och potatissallad i Storparken och leken » Skärpning i busken«. Varje gång som Bengt hämtar Maggan på dagis efter arbetsdagen så ropar Jeppe glatt » Skärpning i busken«.

Skärpning i busken
– Carina A Matsson –

Spegelbilden visade ett grått, lätt fårat ansikte med rödgråtna ögon. Hon drog upp snor på det sätt som hon egentligen avskydde medan hon lutade sig över handfatet, inte direkt för att se bättre utan snarare av gammal vana. Spegeln visade bara det hon visste, det som var henne väl känt och som inte längre rörde upp några känslor hos henne. Fram till för ett tiotal år sedan hade allt handlat om det ansikte hon gav omvärlden men nu brydde hon sig inte mer än att apotekets hudvårdsserie räckte till. Kroppens åldrande oroade henne inte, det var accepterat sedan länge och inget som hon låste in sig på personaltoaletten för att granska. Nej, det var det inre åldrandet som hon stod här inne för nu igen, med händerna så hårt tryckta mot porslinets kalla yta att kylan gick upp i handlederna.

Andas lugnt, in genom näsan och ut genom munnen, in genom näsan och ut genom munnen. Käre tid, hur känslig fick man vara? Nu måste hon skärpa sig och le. Le så som hon blivit expert på. Upp med mungiporna bara! Ingen skrattade åt henne av elakhet, det visste hon, men ändå klarade hon inte av det hon allt oftare utsattes för; hur det först blev tyst och sedan se de menande blickarna mellan kollegorna och därefter skrattsalvorna.

– *Skärpning i busken! Va, men ge dig! Så är det väl ingen som säger nuförtiden. Gu va rolig du är Gunnel! Vad gjorde vi utan dej? Busken, herregud Gunnel det kan ju tolkas ekivokt. Har du tänkt på det? Du är ju riktigt fräck Gunnel.*

Hon granskade de uppspärrade ögonen som stirrade tillbaka på henne och konstaterade lugnt att det inte syntes så mycket längre. Hon brukade säga att hon nog var lite överkänslig mot nåt och ingen brydde sig mer om hennes väl och ve än att den förklaringen dög. Hon stängde av kranen, tog ett djupt andetag och öppnade dörren ut mot korridoren. Så ja, nu det över för den här gången.

När det hade börjat, för några år sedan, hade hon skrattat med och sett det som lite komiskt att referensramar kunde förändras så pass över tid att man inte längre kunde förstå vad som menades med tidigare vedertagna ord och uttryck. Hon hade själv varit mån om att hänga med åt andra hållet och lärt sig till och med de anglosaxiska glosor som egentligen inte var annat än dåligt översatt ordvrängeri; *in house* hade helt slagit ut ordet internt för att nämna något, ja, för att inte tala om *random* som verkade innesluta det mesta.

Hennes referensramar var och förblev föråldrade och trots att hon var medveten om det till den grad att hon näst intill tystnat blev det fortfarande fel, helt fel. Varje gång försökte hon tänka att det inte var så farligt, att de ju på sätt och vis uppskattade hennes inlägg men det stockade sig ändå i halsen och knöt sig i mellangärdet. Nej, det kändes inte bra även om deras kommentarer kunde låta som käcka tillrop. Det var en särbehandling, ett utanförskap vars spikar trängde längre in för varje ny skrattsalva. *Skärpning i busken*, Gunnel, sade hon tyst för sig själv, är ersatt av *speed up*, fattar du väl.

Sverige är fantastiskt
– Christina Nilsson –

Torkel och Eskil satt vid det lilla spelbordet på konsum. De grälade och skrattade om vartannat om vardagens små men viktiga företeelser i det lilla samhället någonstans i Småland.

Men var det något som var för hårdsmält så var det när »Sprätten« kom förbi och var överdrivet trevlig. »Sprätten« var den nya frikyrkopastorn i samhället och enligt Torkel så var den pastorn det mest ogudaktiga de kunde skicka till församlingen i samhället.

Torkel och Eskil var två gamla arbetskamrater sedan urminnes tider på det lilla sågverket som låg beläget vid en liten sjö strax utanför det lilla samhället. Där hade de arbetat tillsammans i nästan femtio år. Under många år hade de en förman som bjöd dem på fredagssupen redan till lunch och det var många som var törstiga redan då. Dessvärre så stannade det inte bara vid en sup utan suget hos de mest utsatta arbetarna eskalerade och det fanns inte längre någon återvändo. Resten av helgen skulle gå i alkoholens tema och omge dem som en tät dimma utan möjlighet att kunna skydda sig själva eller någon av sina anhöriga. Det var när vardagen åter tog vid som de stod där med sina rediga baksmällor och led i tysthet medan de utförde sina sysslor på det lilla sågverket.

Torkel och Eskil hade gått i pension och insett att de inte kunde fortsätta att dricka som de hade gjort. Åldern hade tagit ut sin rätt och kroppen, den orkade inte längre. Därför bestämde sig Torkel och Eskil att gå med i den lilla frikyrkoförsamlingen. De fann sig tillrätta i den lilla församlingen och de hade ersatt supen med kaffe och dopp med församlingsmedlemmarna och det funkade mestadels till både Torkel och Eskils stora förvåning!

Men när pastorn i den lilla församlingen blev både döv och dement så blev det alldeles för rörig till sist så sa Maj som var äldstens fru i församlingen »att nu har Sture predikat färdigt« Sagt och gjort så var Sture inskriven på ett äldreboende och predikade där för sina medboende på hemmet istället.

Men istället så kom »Sprätten« till det lilla samhället och det var inget som någon egentligen tyckte om. För i den lilla församlingen tyckte man bäst om att saker förhöll sig som det alltid gjort eller i alla fall under en lång tid. Förändringar var hur som helst inget som någon egentligen tyckte så mycket om.

»Sprätten« som var den nya pastorn i församlingen var en man som var noga med sitt yttre och han hade sin benvita kostym med pressveck på byxorna och till det bar han sina benvita skor när han kom in i församlingshemmet för första gången. Damerna tyckte att hela hans uppenbarelse var som en glimt från primadonnornas värld. Han var tjusig men på ett fåfängt sätt.

Hans stackars fru hade fullt upp att hålla honom på gott humör så det fanns ingen tid över för henne själv att vara tjusig.

Torkel och Eskil lyssnade ofta på P1 på morgonen, måndag till fredag och båda ansåg att genom detta program fick de kunskap som både gjorde dem intresserade, engagerade och förbannande. När en person ringde in för att berätta hur fruktansvärt det var för de båda föräldrarna som hade förlorat sin lilla dotter i terrorattentatet på Drottninggatan i Stockholm blev både Torkel och Eskil berörda och upprörda när de insåg att de skulle få knappt 30 000 kronor i skadestånd för att ha förlorat sin lilla dotter så tragiskt.

Strax därefter fick de höra om en kvinna med muslimsk

tro som hade sökt arbete på ett företag i Sverige men vägrat ta sin eventuellt blivande chef i handen för att han var en man. Kvinnan hade känt sig diskriminerad och kränkt eftersom personalchefen hade valt att avsluta anställningsintervjun med motiveringen att för att kunna få anställning på det företaget var hon tvungen att hälsa och ta varje person i hand även om det var en man. För denna diskriminering hade kvinnan fått ett skadestånd på 176 000 kronor.

För Torkel och Eskil var detta helt vansinnigt och de var upprörda ända fram till söndagens kaffe i församlingshemmet. Där hade »Sprätten«, alltså pastorn, försökt förklara att allt handlade om att det var två olika plånböcker och att den ena plånboken hade mycket mer pengar att dela ut än den andra. Torkel blev förbannad och sa att det begriper vilken människa som helst att då får de väl ändå hålla reda på plånböckerna och använda rätt plånbok till rätt ändamål! »Sprätten« suckade och tänkte att i detta avlånga land bestod många orter av dessa inskränkta lantisar som inte kunde begripa att det fanns en skillnad i den offentliga och i den privata sektorn och han kunde inte vänta tills han fick en förflyttning till en ny församling på en större ort.

»Sprätten« försökte släta över och runda av samtalet med att säga att vi ändå måste vara tacksamma och ödmjuka att få vara en del av Sverige för vi är ett fantastiskt föregångsland. Sverige är fantastiskt!

Ja, det är så lagom fantastisk sa både Torkel och Eskil i munnen på varandra. Jävla idiot, sa Eskil om »Sprätten« och sen var det samtalet avslutat. »Sprätten« försvann snabbt och kvar satt Torkel och Eskil och muttrade om att Sverige var fantastiskt med en underton av ironi och ilska.

Sverige är fantastiskt

– Carina A Matsson –

Hon kastade en snabb blick på väggklockan som tuggade sönder terminen sekund för sekund med ett obönhörligt ljud, ett tickande som hackade sig in mellan hennes egna hjärtslag och spädde på den vånda hon bar. Fem och en halv minut kvar. Grabbarna i bakre raden hade redan dragit upp blixtlåset över hakan, slutit kapuschongen kring huvudet så pass att ansiktet lades i skugga; gjort sig redo för att komma iväg så snabbt som möjligt. Bänkarna var rensade på böcker, gamla knöggliga kopior och annat som hörde svensklektionerna till hade sopats ner i ryggorna där allt med all sannolikhet skulle ligga kvar till nästa lektion. Hennes elever visste att hon höll på tiden, släppte dem sällan mer än någon minut i förväg och tjat var inget som tog på henne. Hon var sån. De visste det. Bara att vänta. Men redo kunde man ju vara. Liksom.

Då tackar vi för i dag. Hon sträckte på sig, gjorde sig omedvetet lite större än vad hon redan var och högerhanden lossade per automatik knuten på scarfen. Urtidsdjuret inom henne förberedde sig. Blicken svepte längs med de gråvita väggarna i klassrummet, från hörn till hörn, kontrollerade smatten mellan det gamla materialskåpet och bokhyllan. Suset i öronen förstärktes av hjärtslagen och hon kände den välbekanta metallsmaken i munnen.

På mindre än en halv minut var rummet tömt på elever, snabbt rann de ut genom dörren och försvann med sitt tonårsbuller ut i korridoren. Hon låste dörren, sänkte axlarna och andades ut skräcken. Skräck, inte rädsla och absolut inte oro eller nervositet, nej ren och skär skräck var det och ingenting annat. Rektorn hade tröstat med att »vi« alla kunde uppleva sådant. Hon hade blivit så förbannad, ja rent förbannad; för hans leende, för hans sätt att lägga huvudet på sned och sedan detta jävla »vi«. När hade han delat något med dem, varit en verklig del av ett verkligt vi? Aldrig! Det var bara nåt nonsens som hängde sig kvar efter en av alla dessa kurser i kommunikation som skattebetalarna bekostat. De brukade skoja om att det snart krävdes ett register med förklaringar på alla uttryck han svängde sig med. Hon hade inget emot honom som människa; satte sig, om än inte helt gärna men ändå, bredvid honom vid fikabordet och kunde mycket väl prata ditten och datten. Då var han Per, vågade emellanåt till och med ha en egen åsikt och varken böjde huvudet eller log så där fånigt åt det man sade. Men som överordnad, och när man verkligen behövde hans stöd, nej käre tid, då klarade han bara att leverera en radda enfaldiga ord med ett än enfaldigare leende.

Ilskan hjälpte henne upp på fötter och att återerövra sin mentala styrka. Såja. Plocka ihop, sudda på tavlan och hänga upp stolarna så hon slapp ytterligare en ilsken lapp från lokalvården.

Till höger om dörren hade en av affischerna åkt på sned. Hon tog loss den helt och hämtade mer kludd i översta lådan i katedern, tryckte dit ordentligt med kludd i hörnen och satte upp den igen. *Sverige är fantastiskt*, stod det i svart text mot den ljusblå himlen som omfamnade det lilla rödmålade huset. Hon tryckte örat mot dörren. Var det tyst? Var det för tyst? Hon drog in luft genom näsan, höll andan och öppnade dörren med sådan kraft att den som eventuellt stod bakom skulle tvingas ge sig till känna. *Sverige är fantastiskt* muttrade hon för sig själv medan hon skyndade till nästa lektion.

Vad fin du är

– Christina Nilsson –

Regnet strilade sakta ner som om det var anpassat efter hennes långsamma, haltande fotsteg. Dagen var grå och dyster, en typiskt mild novemberdag.

Agnes hade blivit så glad när hon hade fått väninnans sms med förslag om en liten spontan fikaträff en tidig vardagseftermiddag i mitten på november.

En sådan väninna var en mycket ovanlig gåva. Hon hade kommit som en ny arbetskollega på skolan. Hon var rolig, kompetent och så klok dessutom hade hon ett stort, varmt osjälviskt hjärta där det fanns rum för många själar och Agnes hade fått möjligheten att få finnas i hennes hjärterum. Vilken gåva! Vilken lycka!

Väninnan hade hjälpt henne i de mörkaste stunderna genom sin intuitiva förmåga hade hon skickat uppmuntrande, varma, kloka sms. Om dagarna fanns hon som en diskret ängel som i vissa ögonblick omvandlades till en mycket stark kvinna med skarpt intellekt och en härlig humor. Hon kunde få Agnes att skratta bort sin ångest, sin sorg och sin kroniska värk. Hon var ovanlig och genuin men ändå så enkel och mänsklig.

Hon erbjöd ofta sin hjälp medan Agnes var så ovan vid sådant att hon ännu inte hade förmått sig att kunna be om hjälp om det inte var så att hon befann sig i det mörkaste mörker och inte kunde se någon utväg ur den situation hon befann sig i.

Agnes kände sig trött och tung. Alla kortisonkilon som hon hade ätit sig till var onekligen en börda och de två stora bråcken i magen gjorde sig alltmer påminda och ofta var värken ett faktum.

Hon längtade efter att få dricka en kaffe latte och få

prata med väninnan om alla livets stora och små händelser. Att få skapa kreativa projekt som de skulle ta sig an i en lagom styrfart.

Det var viktigt att livet skulle ske i en lagom styrfart för annars var det som om något skavde, gjorde ont någonstans inombords hos Agnes. Hon ville inte att hennes sista dystra diagnos som hon fått hos läkaren skulle göra deras gemensamma stund sorgsen.

Hon ville höra talas om den underbara väninnans ständiga kreativa projekt som hennes loppis, eller när de hämtade en eka för att ha i trädgården eller hur hon öppnade ett samlarmuseum med citruspressar i olika utföranden. Väninnan möter henne med sitt glada varma leende och kramar om Agnes medan hon säger » Du är så fin« Agnes vill gråta men bestämmer sig för att den här stunden ska vara en glädjens stund. Hon bestämmer sig för att prata om sina lungor en annan gång samtidigt som hon kramar om henne försiktigt och säger att det är ju du som är så fin!

Vad fin du är

– Carina A Matsson –

Va faan? Nejdå, hon sade det inte högt men tänkte det det gjorde hon. »Va faan?« Hon hade precis dragit isär en av de där jäkla kundvagnarna på parkeringen utanför Maxi och för en gångs skull fått tag på en vagn som var någorlunda kladdfri och som dessutom bara innehöll en handfull gammalt skräp från tidigare användare när hon såg texten på handtaget. Men herregud vad håller de på med? »Vad fin du är« stod det i rött mot vit botten. Vad betyder det, tänkte hon, vad farao betyder det när såväl avsändaren som mottagaren är anonym. Jajo, hur anonymt nu ett storföretag som gör sig ständigt nya miljonvinster kan vara. »Vad fin du är« – bara utslängt sisådär. Hon skulle ju bara in och riva ihop lite till kvällen. Hon ville inte ha flera tankar i dag, ville bara hem, äta och slöglo på teven.

Fin förresten, hur tusan är man när man är fin och vem kan bedöma det? Fin, när hade hon känt sig fin senast? Var det på Lenas 50-årsmiddag? Nej, då hade hon inte känt sig fin trots att hon köpt den där dyra klänningen som i sig var fin. En riktig drömklänning var det, hennes färg och hon tyckte verkligen om den när hon provade den i butiken. Hon hade lättat på plånboken och unnat sig något för att känna sig – fin – men inte sjutton blev det så inte. Nej, tvärtom hade hon känt sig, om än inte ful, så i alla fall klumpig och samtidigt stel. Fel hade hon känt sig, fel för henne, alltför uppklädd och nästan lite löjlig. Det där med att klä upp sig, klä sig fin, fungerade inte på henne. Det hade hon ju vetat om tidigare för Lenas kalas var inte första gången. Långt därifrån, långt därifrån. Hon hade spenderat mycket pengar på den där känslan att få känna sig fin. Hon skulle ha sin vanliga stil med tajta byxor under en lång, vid tunika eller skjorta. Då mådde hon bra hur tråkig hon än såg ut.

»Vad fin du är!« Hon blängde på texten och visst begrep hon att det var väl menat och tänkt att hon skulle bli glad. Så glad att hon lät något extra slinka ner i kundvagnen. Väl menat förresten – att multiföretag hängde på må-bra-konceptet, eller feel good som det väl kallades nu, är bara ett ofog. Handtaget ville inte alls få henne att tro att hon var fin som hon var, bara få henne att konsumera mera. »Jävla handtag – håll käften«, tänkte hon och gick med bestämda steg mot ingången.

Veckomenyn

– Christina Nilsson –

Ja, då var det över för den här gången och visst var det skönt att julen var överstökad och det nya året hade börjat ta sin form.

Det var dags för det nya livet, ett hälsosammare liv där man eller rättare sagt JAG skulle bli en mer hälsomedveten kvinna och ändra mina vanor till bättre vanor och den fula jätteankungen skulle vartefter vara bara ett minne och innan det blev ett minne så skulle kosten bestå av grönsaker och annan viktig Superfood.

Ja, då var det dags för att planera sitt nya liv och göra en veckomeny. Suck, tänkte Britta som var Miljö-Britta med allt och alla. Men egentligen var hon inte så miljömedveten utan hon levde efter kampanjen som lanserades på 1970-talet där budskapet var Håll Sverige rent! Förutom det så reste hon nästan aldrig och flygresor hörde verkligen inte till Miljö-Brittas vardag. Ekologiska varor köptes i mån av utrymme i månadsbudgeten och hellre kvalité framför kvantitet. Även när det gällde chokladpraliner även om det förtärdes med häftig åtgång!

Britta suckade och stönade och var så arg på alla hurtiga normalviktiga eller smala människor som pratade om allt nyttigt de ville ha och att allt skulle vara så fräscht och rätt. Snarare surt och eländigt tänkte Britta och suckade igen. Det var så tydligt att nu skulle alla späka sig med citrusfrukter och bönpasta. Inget skoj här inte utan desto surare och jävligare desto bättre tänkte Britta och suckade åter igen. Hon förde handen ner i julens gamla godisskål och började stoppa skumtomtar i munnen. Det var sött och fluffigt. Den fyllde munnen och den skumma tomten den växte och växte.

Britta började skratta av den inre, absurda bild som hon
såg framför sig. En kvinna som kvävs av skumtomtar i munnen medan hon planerade sin hälsosamma veckomeny.

Ja, dessa skumtomtar var verkligen skumma tomtar.
Tänk om hon skulle hittas avliden efter en tid när den
olidliga stanken spred sig i trappuppgången och den pilsnerglade fastighetsskötaren var tvungen att gå in med huvudnyckeln för att konstatera det dråpliga som hade hänt.

Gravt överviktig kvinna kvävd av skumtomtar när hon
planerade sitt nya hälsosamma liv skulle det kanske stå
på lokaltidningens löpsedel eller kanske inte tänkte hon.
Hon googlade på alla möjliga recept tills hon förstod att
hon måste vara deprimerad eller bara allmänt upprorisk.
Hon vägrade foga sig till de allmänna hälsoidealen utan
nu jävlar var det varje vuxen människas rättighet att få se
ut och väga hur mycket som man vill!!

Britta slog näven i bordet med en enorm kraft och tänkte
att nu fick det vara nog med detta årliga trams i januari!!

Britta han inte ens tänka tanken klar förrän det small
till och hon for i golvet med en smäll!! Stolen hade gått
sönder och hon slog i golvet med en rejäl duns! Aj! Fasiken
vad ont det gjorde och där låg hon lite chockad och hade
svårt att ta sig upp på grund av sin reumatism och svåra
artros i sina knän.

När hon låg på golvet hörde hon dietistens råd som hon
hade fått några år tidigare. Gör mat som du tycker om men
prova gärna tre nya saker varje vecka. Ät bara en portion
och ät regelbundet.

Laga alltid fyra portioner samtidigt och frys in övriga
tre portioner i små lådor så mat finns färdig i frysen. Spara
den söta läsken eller godiset till efter maten när systemet
redan är igång och kroppen slipper starka insulinpåslag.

Strunta i alla dieter och ät fisk minst två gånger i veckan,
fågel en gång i veckan, vegetarisk en gång i veckan och
kött i mindre portioner, max tre gånger i veckan.

Duka fint och lägg ner omsorg på att laga maten så den smakar bra och innehåller bra näring.

Snabbt skev Britta sin veckomeny: måndag: torskfilé i ugn, tisdag: kycklingfilégryta med svamp, onsdag: lax i ugn, torsdag: haloumistroganoff, fredag: fläskfiléspett med rotsaker och lördag: sejfilé samt söndag biff med grönsaksgratäng.

Britta hade en tro på högre makter, en kraft som var hennes gudstro. Detta var ett tydligt budskap från de högre makterna tänkte Britta och log. Hon tillhörde den upproriska, envisa sorten och gud tänkte att den kärringen behövde en smäll i baken för att fatta poängen tänkte Britta. Ja, tydligare än så här kunde det inte bli och hon började skriva sin inköpslista på ICA online. Hon skrev ner dietisten alla råd och det skulle hädanefter vara hennes 10 budord inom ramen till att skaffa sig en bättre hälsa! Hurra tänkte Britta för nu var hon äntligen igång!

Veckomenyn

– Carina A Matsson –

Måndag, måndag, måndag blir det köttfärslimpa från i morgon. Tisdag, ååå, då tar jag pasta och den där linsröran som de pratade om i radion. Receptet finns på Menys hemsida förstås men det är väl lök, linser, tomat, buljong och kryddor. Hur svårt kan det vara? Vad tar jag på onsdag? Nån korv, det får bli ugnsstekt isterband och potatismos. Det var ett tag sen. Broccoli med ostsås och vegfärsbiffar, jo men det blir bra på torsdag. Vad hittar jag på till... Längre hann hon inte i tanken innan Patrik, hennes livskamrat, andades ut och landade tungt på henne. – *Gud, så underbar du är, Louise,* mumlade han och rullade över på sin sida av sängen. – *Förlåt att jag inte kunde vänta.* Hon smekte undan luggen från hans panna och lugnade honom som vanligt med att det inte gjorde något. Numera kunde hon säga det utan att sucka för även om hon inte tappat lusten helt och hållet så tyckte hon att det mest var bökigt, lite löjligt och inte värt besväret. Allt hade blivit så mycket bättre sedan hon kom på att planera veckomenyn under tiden. Det var inget hon nämnde men för henne var det en lättnad att kunna nyttja tiden. Ville hon känna något, och det hände att hon ville, skötte hon det på egen hand; med egen hand vid annat tillfälle.

Med åren hade deras gemensamma sexliv inskränkts till att vara en del av lördagens schema precis som dammsugningen och våttorkningen. Först röjde de efter arbetsveckan; tidningshögen, den övriga posten och ytterskorna som hade en benägenhet att hamna i en röra på mattan i entrén. Det hade alltid varit något egendomligt med ytterskorna. Hur många smarta lösningar hade de inte tänkt ut, och faktiskt installerat? Det hade varit skohyllor för vägg såväl som för golv och en smart IKEA-byrå avsedd just för skor, på nittiotalet någon vägghängd burk med fack och sedan åter och igen skohylla. Allt de trott på, och försökt med, hade gett samma resultat: de jäkla skorna hamnade på mattan bredvid entrédörren lik förbaskat. Till sist hade hon, för det var nog egentligen hon som irriterade sig mest på det, gett upp och låtit det ingå i lördagsmanövern att flytta skorna till rätt plats. När de röjt undan post och skor tog de en kopp kaffe. Sedan var det dags för veckostädning i sovrummet men innan de bytte i sängarna, smekte hon honom över ryggen och hans kropp reagerade med samma förutbestämdhet som de jäkla skorna hamnade på fel ställe. Till och med hans styva penis sökande efter att komma in i henne trots att hon låg så vidöppen hon kunde, hörde till. Oftast fick hon peta till den, ibland till och med trycka in den där den skulle vara. Han tackade alltid. Det var lite rart.

Hans lugna, djupa andetag förmedlade en livets tacksamhet, startade ett bildspel hos henne där sorg och glädje, förhoppningar och besvikelser de gått igenom tillsammans flimrade förbi. Hans tysta tårar vid systerns begravning, hans hoppressade läppar vid den åldrande moderns ständiga utfall, glädjen vid barnets födelse. Även den här stunden då hon med lätt hand smekte hans nakna bröst och tillät sig att bara vara, när tankarna fick flyga fritt, hörde till dagens göromål. För några år sedan hade hon haft svårt att koppla av och ligga kvar men numera tyckte hon att det var en skön stund och att hon gott kunde unna sig den tiden. De hann med resten av schemat ändå och nästa veckas matsedel var ju så gott som klar. På fredag kan han ta hämtmat och själv kan hon gå till personalmatsalen. Det blir lite spännande faktiskt.